ISBN 978-0-282-81245-4
PIBN 10402793

English
Français
Deutsche
Italiano
Español
Português

www.forgottenbooks.com

Mythology Photography **Fiction**
Fishing Christianity **Art** Cooking
Essays Buddhism Freemasonry
Medicine **Biology** Music **Ancient**
Egypt Evolution Carpentry Physics
Dance Geology **Mathematics** Fitness
Shakespeare **Folklore** Yoga Marketing
Confidence Immortality Biographies
Poetry **Psychology** Witchcraft
Electronics Chemistry History **Law**
Accounting **Philosophy** Anthropology
Alchemy Drama Quantum Mechanics
Atheism Sexual Health **Ancient History**
Entrepreneurship Languages Sport
Paleontology Needlework Islam
Metaphysics Investment Archaeology
Parenting Statistics Criminology
Motivational

DI

CURIOSITÀ LETTERARIE

INEDITE O RARE

DAL SECOLO XIII AL XVII

in Appendice alla Collezione di Opere inedite o rare

* ◆ *

DISPENSA CXXXIV

Prezzo L. 2. 50

5 1 2 3

17

Di questa SCELTA usciranno otto o dieci volumetti all'anno; la tiratura di essi verrà eseguita in numero non maggiore di esemplari 202: il prezzo sarà uniformato al numero dei fogli di ciascheduna dispensa, e alla quantità degli esemplari tirati: sesto, carta e caratteri, uguali al presente fascicolo.

Gaetano Romagnoli

NOVELLE

DI

SER ANDREA LANCIA

SECOLO XIV.

BOLOGNA

PRESSO GAETANO ROMAGNOLI

1873

Edizione di soli 202 esemplari

per ordine numerati

—

N. 144

BOLOGNA — TIPI FAVA E GARAGNANI

SIG. CAV. DOTT. GAETANO MILANESI

Riveritissimo signor mio,

Fra le *Cento novelle antiche* pubblicate da Vincenzio Borghini [1], e precisamente tra quelle che non corrispondono al testo Gualteruzzi, ne sono tre (V, LIX, C) che appartengono a ser Andrea Lancia, le quali leggonsi nell'inedito Commento di lui alla stessa sua traduzione del *Rimedio d'Amore* di Ovidio, già data alle stampe dal

---

[1] *Firenze, Giunti, 1572, in 4.º*

comm. Franc. Zambrini [1]; cod. Laurenz. Gadd. reliq. N. 75, membranaceo, del sec. XIV. All'egregio prof. Domenico Carbone è dovuta tale scoperta, onde ripubblicando egli il *Novellino* ad uso delle scuole [2], non mancò di approfittarsi della sua buona fortuna per migliorare la lezione delle tre novelle suindicate, le quali oggi io presento a Lei conforme veramente stanno in detto codice. Stimai anche opportuno di por loro a riscontro il *t*esto Borghini pe' debiti raffronti, e di aggiungervi le varianti in*t*rodottevi dal Manni, dal Ghio e dal Parenti [3], contrassegnate con le

[1] *Prato, Guasti*, 1850, in 8.⁰

[2] *Firenze, Barbèra*, 1868, in 12.⁰

[3] V. le ristampe di *Firenze, Vanni*, 1778; *Torino, Davico e Picco*, 1802; *Modena, Soliani*, 1826; tutte in 8.⁰

respettive loro iniziali; e quelle
altresì del Carbone al testo Lau-
renziano; considerato che se alcune
di esse possono giustamente rite-
nersi per buone ed utili correzioni,
in gran parte non sono che licen-
ze non lodevoli.

Altre narrazioni offre il lavoro
del Lancia, tutte di argomento fa-
voloso e mitologico, delle quali una
do qui in fine per saggio, a invi-
tare gli eruditi, come la S. V., alla
stampa dell'intero manoscritto; av-
verto bensì che un breve sunto di
essa già davaci il predetto Zambrini, secondo un cod. Riccardiano,
alla pag. 327 del suo libro: *Le
opere volgari a stampa dei secoli
XIII e XIV* [1].

Delle molte obbligazioni che io
ho verso di Lei, mal potrebbe di-

---

[1] *Bologna, Romagnoli,* 1866, in 8.º

mostrarle la gratitudine mia questa umile offerta: l'accolga tuttavia a testimonianza dell'altissima stima che Le professo, e anche d'affetto; e mi creda

Di Livorno, 4 Novembre 1873.

tutto suo per servirla
GIOVANNI PAPANTI

NOVELLA I.

QUI CONTA UNA BELLA PROVEDENZA D'IPOCRAS PER FUGGIRE IL PERICOLO DELLA TROPPA ALLEGREZZA

TESTO LAURENZIANO

Ipochras fue di bassa nazione e povera. Avenne che in sua giovenezza elli si partì dal padre e dalla madre, e andò in diverse *t*erre per inprendere, sì che il padre e la madre non ne seppero novelle bene in ven*t*i ànni; e apprese *t*an*t*o come appare, e mol*t*o aqquistò honore e avere. Poi gli venne in *t*alen*t*o di *t*ornare a vedere il padre e la madre: sì fecie charichare *tutt*o lo suo *t*esoro e li suoi libri, e con riccha conpangnía salì a chavallo e misesi in cammino; e quando fue presso di suo paese, sappiendo che 'l core dell'uomo si puo*t*e morire **per** piacere [1] o per *t*res*t*izia, sì chiamò uno suo donzello e mandollo all' al-

[1] *per letizia.*

Sovente avviene che il cuor salta et si rimuove; et ciò avviene per due cagioni, o per gioia o per paura: et molte volte adiviene che l'huomo ne muore di subito, sì come adivenne per Ipocras [1], il quale fue di bassa natione et povero. Quasi [2] in sua giovenezza si partì dal padre et dalla madre, et andòe in diverse terre per imprendere: donde il padre et la madre stettono gran tempo che non ne seppono alcuna novella, ben da venti anni: dove acquistò molta scienza et honore, et molto havere. Poi gli venne in talento di

[1] Ippocrate (P).
[2] Questi (G).

bergo del padre e della madre, diciendo loro come era sano e allegro e pieno di ricchezza, salvo che
dirai che ieri io caddi del palafreno e ruppimi la gamba; così di'
loro. E disse: guarda che tu non
dichi nè più nè meno, se non che
domane mi vedranno. Il quale, incontanente, n'andò all'albergo del
padre e della madre del suo sengniore, e trovò il padre che lavorava uno orto, e non vi era la
madre: sì gli disse suo messaggio.
Contando costui il messaggio, uno
bergiere che udì le parole, salvo
che non intese ch'elli avesse rotta
la ghanba, sì corse alla madre, e
contolle quello che avea udito dire
e come il filgliuolo tornava chon
grande singnioría, come detto è;
ma non gli disse che elli avesse la
ghamba rotta, conciosiacosachè [1]
elli non l'avesse udito dire. E uden-

---

[1] con ciò sia che.

tornare *a* vedere *il pa*dre *et la ma-dre* ¹, *et fece* caricare *tutti i* suoi *libri e 'l suo* tesoro, *et con* ricca *compagnia si* mise *in* cammino. *Quando fue* presso *a suo* paese, sapendo *che l' huomo si puote mo-rire per troppa letitia*, sì *mandò uno suo donzello al* padre *et alla* madre, dicendo loro come era sano *et allegro, et pieno di molta ricchez-za; salvo che dirai, che* hicri caddi *del palafreno et ruppimi la gamba: et guarda di non* dire *nè più nè meno, se non che domane mi ve-dranno. Egli* andò *incontanente, et* trovò *il padre che* lavorava *uno* horto, *et non v'* era *la madre; et* sì *gli* disse *suo messaggio. Contando il donzello sua ambasciata, un altro* lavoratore *che v' era, se n' andòe di* presente *alla madre et contolle tutta l'ambasciata, salvo che non le* disse *che Ipocras havesse* rotta *la gamba.*

¹ il padre, la madre (P).

do ciò la madre, ricordandosi del
*t*enpo che ella era s*tat*a che non
avea nè vedu*t*o, nè novelle udi*t*o
del suo filgliuolo, pensando che
*t*an*t*o bene insieme le venía, cioè
di rivedere il filgliuolo e di povertà
salire in ricchezza, sì le si sollevò
il chuore della grande gioia, ed in
poco *t*enpo cadde mor*t*a. Quando
il mari*t*o *t*ornò, sì ne isbigottì; e
quando Ipocras fue giun*t*o, e seppe
ciò, domandò che novelle l'erano
s*tat*e de*tt*e: fue sapu*t*o che quelli
che le novelle avea de*tt*e non l'avea
de*tt*o che elli avesse ro*tt*a la gan-
ba. Allora disse Ipocras in udienzia
di *tutt*i, che per *t*ema di ciò avè'
elli inposto al messo che diciesse,
come elli avesse la gamba spezza*t*a,
per attenperare il chuore della grande gioia, la quale elli sapeva che
elli avrebbero della sua *t*orna*t*a. E
perciò non si dee nessuno per grande prosperità *t*roppo sbaldire, nè
per aversità *t*roppo afliggiere.

Et *udendo ciò la madre, et pensato che era stato tanto tempo che novella* [1] *non havea saputo, et che* così *di subito venía con cotanta sapienza, et con* cotanto senno *et tesoro,* sì se li *solvò* [2] *il* cuore *di* tra sì gran gioia, che in poca d' hora cadde *morta. Giunto Ipocras, trovando la madre morta, gliene dolse duramente; et domandando come le novelle l'erano state contate, trovò che non l'era stato detto ch' havesse la gamba spezzata* [3]· *Allhora* disse *in udienza di tutti, che havea comandato al donzello* [4] *che* dicesse come havea la gamba spezzata, per tema di ciò che era avvenuto, che non avvenisse.

[1] novelle (G e P).

[2] solvè (P).

[3] rotta (P).

[4] *Il testo con manifesto errore legge:* Allora disse che in udienza di tutti havea comandato al donzello.

NOVELLA II.

QUI CONTA COME PER SUBITA ALLEGREZZA UNO SI MORIO

II.

Due assenpli *troviamo* al*t*rove,
che per grande gioia puo*t*e l'uomo
morire; e ciò avenne nel reame di
Francia. L'uno fue del du*ch*a di
Normandía, il quale fue sì largo e
sì dilibero, che passò il grande
Alessandro, perciò che Alessandro
donava quello che elli tolglieva, e
donavalo a coloro che gli aiu*t*avano
tôrre; ma ques*t*o largo du*ch*a non
facieva *tort*o ad alchuno, e del suo
proprio donava larghissimamente.
Ques*t*i fue quelli che disse, che di
*tutt*e cose del mondo era s*t*a*t*o sa-
*t*ollo, se non di donare. Avenne che
uno dì *t*enne corte, alla quale *tutt*i
i gientili e valen*t*i uomini della
con*t*rada furo, in*t*ra li quali fue
uno *ch*erico forestiere. assai va-

II.

Il duca di *Normandía*, *nel rea-me di* Francia, *fue* sì *largo et* sì *dili*bero, *chè ne passò il grande* Alessandro: *perciochè* Alessandro *donava quel che rubava, a coloro che l' atavano tôrre; ma questo duca non toglieva ad alcuno, ma pur del suo propio donava larghissima-mente. Questi disse, che di tutte* cose [1] *del mondo era stato satollo, salvo che di donare. Un dì avven-ne, che tenne una grande corte et festa, dove furono tutti i gentili huomini del paese; intra i quali fue uno forestiere, il quale niuno conoscea. Appresso mangiare, quali*

---

[1] di tutte le cose (P).

lente persona: nè davanti nè da-
presso mangiare, fue saputo chi elli
si fosse; apresso mangiare avenne
che tutta la chorte fue a giuocho,
quale a zara, quale a tavole, e
quale a scacchi e ad altri diversi
giuochi, e il sengniore con uno
nobilissimo chavaliere si puose a
giuchare a schacchi, e quando alchuno erro nasciea tra li giucha-
tori, questo chericho per sua sentenza diffinía; et honiuno ¹ volentieri tenea sua sentenzia, sì per diritto giudichatore, come per fargli
onore, perciò che elgli era forestiere. E in tale maniera sollazzando, uno chericho e valente borgiese
presentò al ducha una bellissima
coppa di fino e di puro oro, la
quale molto beningniamente ricie-
vette; e po' molto riguardata e a
maravilglia piaciuta, chiamato il
cherico forestiere, glie le donò. E

---

¹ Il codice: honino; il Carbone: catuno.

prese ¹ *a giucare a zara, et qua-*
li ² *a tavole, od a scacchi*, o *ad*
altri diversi *giuochi; et il duca si*
puose a giucare con un altro nobile
cavaliere. Et *quando alcuna que-*
stione *nasceva intra' giucatori, que-*
sti ³ *diffiniva le* sentenze; *et cia-*
scuno tenea *suo* giudicio *per* diritta
sentenza, *per fargli honore, per-*
ch' era forestiere. Et *in tale ma-*
niera sollazzando, *uno borghese pre-*
sentòe al *duca una bellissima cop-*
pa di fino oro, la *quale benigna-*
mente ricevuta, la donò al *forestiere.*
Questo la prese *con tanta allegrez-*
za, che senza *potergliene* render
gratie cadde *morto intra li cava-*
lieri. Di *questa avventura fue la*
corte *molto turbata, et pensavano*
li cavalieri *(se non che lo duca* ⁴

---

¹ quale prese (G); quali presero (P).
² e quale (G).
³ quelli (P).
⁴ il duca (P).

il chericho la prese, e anzi che
glie ne potesse dire grazie o mer-
ciè, si chadde morto intra li chavalieri. Di questa ventura fue la
corte molto turbata, e pensaro gli
chavalieri (se non fosse che 'l ducha
l'avea innanzi avuta in mano) che
la coppa fosse avelenata. Trovaro
che, secondo la sentenzia de li fisici,
il chericho era morto per molto
soperchio di letizia.

Il secondo assenplo fue della madre del Cornuto ¹, un' alta donna di
Francia, la quale fecie nobilissima
portatura; chè ella ebbe tre filgliuoli
arcivescovi e uno vescovo che bene
valeva arcivescovado, ciò fue quello
di Cartre, e fue chiamato il vescovo
Alberigho Cornuto, avengniachè tutti furon così chiamati in sopra nome, e per ciò fu ella chiamata la
madre de' Chornuti; anchora ebbe
uno filgliuolo chonte e una filgliuola

¹ de' Cornuti.

l' havea inanzi havuto in mano ¹⁾
*ch' ella fosse avvelenata. Trovarono,
per sententia de' medici, che era
morto per* ² *soperchia letitia.*

*Il medesimo avvenne alla madre
di Cornuti, che era una gentil donna di Francia, che hebbe tre figliuoli, due* arcivescovi, *et l' uno vescovo
di Ciarterì; et hebbe uno figliuolo
conte, et un' altra figliuola contessa.
Ella non hebbe niuno, che non fosse
in maggior dignità di lei, o d' alcuno di suo lingnaggio. Avvenne un
dì che tutti i figliuoli* ³⁾ *et la figliuola
insieme, a Parigi furono a un parlamento. Appresso il parlamento
furono i detti figliuoli ad una processione, et la madre stava ad una
finestra. Vidde li figliuoli passare*

¹ avut' in mano (M e P); avuta in
mano (G).

² di (P).

³ li figliuoli (G).

contessa. Ella non ebbe figliuolo nè
filgliuola, che non fosse in maggiore altezza d' onore che non fue
ella o ch' uno ¹ di suo lingnaggio.
Avenne uno die che *tutti* i filgliuoli
e le filgliuole erano insieme a Parigi a uno parlamen*to*; apresso il
parlamen*to* si ebbe una prociessio-
ne, ove furono *tutti* li filgliuoli di
quella donna, de' quali avemo de*tto*,
la quale era mol*to* onora*ta*, e allora
era alla fines*tra* d' uno mol*to* bello
palagio e guardava la processione;
e veggendo passare baroni e pre-
la*ti*, vidde Ii suoi filgliuoli orna*ti*
e sopra gli al*tri* onora*ti*, e quando
eglino furono ʻdinanzi alla donna
che loro madre era, una femina a
grande bocie disse: Mol*to* dee avere
grande gioia al chuore quella che
così nobile por*tatura* à fa*tta*, come
sono quello vescovo ed arcivesco-

---

¹ o *alcuno*.

*honorati sopra gl' altri, et una fe-
mina* gridò: *Grande gioia dee havere chi* così *nobile portatura ha
fatta. La* madre [1], *che questo ris-
guardò, n' hebbe tale allegrezza, che*
cadde morta.

e la madre (G).

vi '. E la madre che riguardò verso i filgliuoli, e videlgli *tutti* insieme, n'ebbe tanta allegrezza al chuore, che incontanente le falliro li spiri*ti*, e chadde mor*ta* in uno pun*to*. E truovasi che più *tosto* si muore per grande le*tizia*, che per grande *tre-stizia*.

' Il Carbone, col codice: *arcivescovo*.

NOVELLA III.

COME UN RE PER MAL CONSIGLIO DELLA MOGLIE UCCISE I VECCHI DI SUO REAME

III.

Uno giovane re fue in una isola
di mare, di grande forza e di
grande podere, ma molto era giovane, quanto per terra governare.
Quando cominciò a rengniare, sì
tolse per molglie una giovane donzella, sottile e artificiosa in male.
E uno antico maestro, il quale avea
nodrito il giovane re, si prendea
guardia de' modi della reina; e quando ella se ne fue aveduta, sì si
sforzò [1] maggiormente di piacere
in ongni modo al re e d'avere sua
grazia. Una volta avenne che il re
era schàldato di vino, e comincian-
do a scherzare con lei, ella disse:
Sengniore, bene che io sia giovane,

---

[1] *aveduta si sforzò.*

III.

Fue uno giovane re in una isola di mare, di grandissima *forza et* di *gran* podere, essendo *molto giovane, quanto per terra governare.* Et *quando* cominciò *a regnare, sì tolse per moglie una giovane donzella, et* artificiosa *et* sottile *in male* più che in bene. *Et uno antico huomo, il quale era* stato *nudritore et maestro del giovane re suo marito,* sì *si* prendè *guardia de i* modi della reina: *et come ella se ne fu* accorta, sì si *sforzòe maggiormente in ogni modo di piacere al re.* Et *quando egli era* scaldato *di vino o di vivanda, et ella* disse: *Signor mio, ben ched io sia giovane, se* credere *mi vorrai, io vi farei il maggior* signore *del mondo; ma voi*

io so tanto, che se voi mi voles*t*e [1] chredere, io vi farei il più ricco sengnore del mondo; ma voi chrede*t*e più ad al*t*rui che a me, e di ciò non fa*t*e bene. Alla quale il re rispuose: *S*appi che io *t*'amo sopra *tut*te quelle che vivono, e sono presto di fare ciò che piaciere vi sia [2]; io volglio che per *tut*to lo mio reame siano adempiu*t*i *tut*ti li tuoi [3] comandamen*t*i. Ed ella disse: Messere, per vos*t*ro bene ed onore vos*t*ro, donatemi uno dono che io vi domanderò. E il re rispuose: Che che si sia, abiatelo. La quale rispuose: Per vos*t*ra volontà lo farò io fare domane. Ed elgli disse, che mol*t*o gli piaciea. A *t*an*t*o rimase la cosa infino alla ma*t*tina. E l'al*t*ro dìe la reina fecic comandare

---

[1] *volete.*

[2] *ti sia.*

[3] Il cod.: *tutti li miei.*

volete credere *ad altrui più ch' a me, et di ciò non fate nè bene nè senno. Alla quale il re rispuose: Sappi ched io t'am*o sopra *tutte le persone del mondo, et* sono presto *di far ciò che ti piace, et che in tutto* il mio reame sieno [1] adempiuti *tutti li tuo*i comandamenti. Ed *ella* disse*: Questo saràe per vostro bene ed honore; ma hora vi prego che mi facciate uno dono, ch' io vi doman-derò. Et il re rispuose: Sarà fatto, et volentieri. Et la reina* disse: *Et io per vostra volontade lo farò fare domane. Et eg*li rispose, *che molto gli piaceva. A tanto rimase la cosa insino* [2] *alla mattina. Et la mattina la reina fece comandare in tutto* il *reame, che non rimanesse nullo vecchio huomo c' havesse passati i sessanta anni, et fosser tutti morti sanza nulla dimora; dicendo, che*

[1] *Il testo:* fieno.
[2] infino (M).

che in *tutto* lo reame non [1] rimanesse nullo uomo vecchio, il quale
avesse passa*t*i i sessan*t*a anni, che
non fosse mor*t*o sanza alcuna pena,
diciendo che elli non facieano al*t*ro
che danno al mondo: e ques*t*o fecie
per l'odio che ella por*t*ava al vecchio maes*t*ro del re, perciò che
*t*roppo gli chredeva il re, e femine
odiano mol*t*e vol*t*e coloro che i loro
mari*t*i amano. Tan*t*o fecie la reina,
che 'l suo comandamen*t*o fue messo
ad assiguizione, onde 'l re si turbò
mol*t*o, ma la reina in sua so*tt*ilità
il pacifichò *t*os*t*o secho. Ora avenne
che giaciendo il re solo sanza la
reina, e' songniò [2] uno grave e ma-
ravilglioso songnio, che egli [3] fue
aviso che mol*t*e giente l'aveano preso e messolo in *t*erra a rovescio, e
charichavanlo di pie*t*re e di *t*erra,

---

[1] Il codice: *nol.*
[2] *giacendo il re solo, e' sognò.*
[3] *che e' gli.*

grandissimo danno facevano nel
reame. Et questo faceva per lo
grande odio che portava al vecchio
maestro del re, perciò che il re l'a-
mava, et credeva molto a sue parole;
e 'l costume delle femine è molte
volte d'odiare coloro che i loro ma-
riti amano. Tanto fece la reina,
che'l suo voler et comandamento·fue
messo a segutione ¹. Onde lo re
veggendo morto il suo maestro ² et
gli altri vecchi, se ne turbò molto;
et la reina con sua suttilitade, et
con sue belle parole, si rappacificò
tosto con seco.

Hora adivenne che giacendo il
re solo sanza la reina, si sognò ³
un grave et maraviglioso sogno;
chè gli parea che molte persone
l'havessono preso, et tenèallo in
terra a rivescio, et caricàvallo di

¹ seguizione (G).
² il maestro (P).
³ Ora adivenne che il re si sognò (P).

ed elgli si sforzava di levarsi e vo-
leva gridare e non potea; e fue
lunghamente in questo tormento.
Quando si destò, sì si trovò molto
affannato e sudato, e ricordandosi
del songnio, e pensando che ciò potesse essere, sì disse fra sè medesimo: io chredo che questo charicho
che io ò sostenuto nel songnio, sin-
gnificha che gienti che m'odiano
mi volgliono uccidere. E sì tosto
come fue il punto del dì, sì si levò
e ragunò il suo consilglio, e disse
loro il songnio che fatto aveva la
notte, del quale domandò della si-
gnifichazione, ma nullo glie le seppe
aprire, e dissero: Sengniore, noi
siamo tutti giovani e nuovi di consigli: morti sono gli antichi e gli
sperti in consigli e in avisamenti;
ma ne' reami vicini si à di vecchi
e savi, e perciò ischrivete a cotale
re che faccia ragunare lo suo consilglio et domandi della significha-
zione di questo songnio. A questo

pietre et di terra; *et elli si sforzava
di levarsi et di gridare, et non potea:* et stette lungamente *in questo*
tormento. Quando si destò, si trovò
molto *affannato et sudato; e* ricordandosi del sogno, *et pensando che*
ciò potesse esser, disse *fra sè medesimo: io* credo *che questo* carico
che io hoe sostenuto, significa *che*
gente che m' odiano, *mi vogliono*
uccidere. Et sì tosto come *fue* dì,
si levò et raunò il suo consiglio, *et*
disse *loro il* sogno *che fatto havea
la notte; et* sopra *ciò* domandava
loro consiglio: *ma nullo ve n' hebbe
che gliele* sapesse *ispianare*. Et *dissono: Signor* nostro, *noi* siamo *tutti*
giovani, *nuovi di* consigli: *morti*
sono *li antichi et savi, et li sperti
in* consigli *et in avvisamenti; ma*
· *nel* reame *ove noi* siamo presso, *si*
ha de' *vecchi* savi, *et per ciòe* scrivete loro, cioè *al lor re et* signore,
che a' suoi vecchi domandi *la* significanza del sogno. A questo consi-

consiglio si tenne il re, ed incontanente mandò ad uno re vicino di
lui, il quale, avendo inteso il messo, sì fece ragunare lo suo eonsil-
glio, del quale avuta risposta, sì
mandò a dire al giovane re: Sengniore, grande onore ò ricievuto di
ciò che conviene che voi mandiate
in mia terra per consilglio, avengniachè a noi non ne chrescie tanto
onore quanto a voi disinore: folle
consilglio aveste di fare morire li
vecchi del tuo ¹ reame; nullo dee
follemente chredere alla molglie. Se
ora fossono vivi li vecchi del vostro
reame, non bisognierebbe ora, per
questa chagione, avere mandato
per consilglio in ² reame strano.
Fatevi trovare uno uomo che in
uno dì ordinato vengna dinanzi da
voi, e meni secho l'amicho suo e
lo nemicho e il giullare, e se potete

¹ del vostro.
² Il codice: il.

glio s'attenne il re, et incontanente
scrisse ad uno re il più presso vicino ch' egli havea. Et quelli ha-
vendo la lettera dal messaggio, fece
li suo' savi raunare, et mise loro
innanzi la lettera: et havuta da
loro risponsione, sì mandò al giovane re, ringratiando dell' honore
che fatto gli havea: chè è conve-
nuto c' habbiate mandato in mia
terra per consiglio; avvegnachè a
noi non ne cresce tanto d' honore,
quanto a voi disinore. Folle consiglio haveste di fare uccidere li vecchi del vostro reame. Nullo dee [1]
follemente credere alla moglie. Se
fossono vivi li vecchi del vostro reame, non bisognerebbe hora havere
per consiglio mandato nel mio, nè
in altro. Et per ciò noi vi diamo
per consiglio, che voi facciate che
in uno dì ordinato, uno del vostro
reame venga a voi, et meni seco

---

[1] Il testo ha per errore: diè.

costui trovare, questi vi sporrà la
verità del songnio vostro; e altra
risposta non avrete [1] da me. Udito
il re questo, fue molto isbigottito,
ma tuttavia li baroni suoi il con-
fortano [2]; e fecero che uno comandamento andò per tutto lo reame,
che quegli il quale ad uno nomato
die menasse il suo amicho e nemicho e lo suo giullare, ch'egli avreb-
be la grazia del re e grandissimo
tesoro.

Nel tempo che il comandamento
fue fatto che tutti li vecchi fossero
morti, era uno garzone nel reame,
il quale amava lo suo padre sì come
natura comanda, il quale nascose
il suo padre, che vecchio era, in
una sagreta [3] chava, e là gli portava, cielatamente, quello che biso-
gnio gli era per la vita sostenere,

[1] *non n' avrete.*
[2] *confortarono.*
[3] *segreta.*

l'amico *suo et lo nimico e'l giullare*. Et se *potete costui trovare,
questi vi saprà* dire *la verità* [1] *del
sogno vostro: altra risposta da noi
havere non potete.*

*Udito questo il re, fu molto tur-
bato; ma tuttavia li* suoi *baroni il
confortarono, et* ordinarono *che uno
comandamento* andò *per tutto suo* [2]
reame, *che quegli il quale ad uno
certo nomato* dì *menasse seco il suo
amico et nimico e'l suo giullare;
ch' egli havrebbe la gratia del re,
et grandissimo tesoro. Nel tempo
che'l comandamento fu fatto, che
tutti li vecchi fussino* [3] *morti, era
uno giovane, il quale molto amava
lo suo padre, nel* reame, sì *come
natura et buona usanza comanda,
il quale nascose il suo padre vecchio in una* secreta camera, *dove,*

---

[1] veritade (M e P).

[2] tutto il suo (M e P).

[3] fussono (M e G): fossero (P).

e là il *t*enne mol*t*o, anzi che la molglie lo sapesse. Ma per lo mol*t*o
andare e venire a quello luogho,
se n'avide la molglie, e espiò *tutt*a
la veri*t*à dell'opera. Quando il bando andò per lo reame che de*tt*o è,
ques*t*o giovane andò alla chava, e
disse al padre come il co*t*ale bando
era i*t*o per *tutt*o lo reame da parte
del re. E il padre gli disse: Io volglio che tu vi vadi, e mena *t*eco
mogliata e il tuo piccolo filgliuolo
e il *t*úo chane. E mostralgli come
la molglie era il nemicho, e il chane
l'amicho, e il fanciullo giullare.
Mol*t*i gientili e nobili uomini vennero a cor*t*e, e chi in uno modo e
chi in un al*t*ro ¹, e con giullari di
diverse maniere, e nemici ed amici;
e il filgliuolo del nascoso padre
giunse a cor*t*e col filgliuolo e cholla
molglie e chol cane. Il re lo domandò perchè egli v'era venu*t*o, e quelli

¹ *e chi in al*t*ro.*

*celatamente, gli portava quello che
bisogno gli era per la vita sostenere: et ivi lo tenne molto, anzi che*[1]
*la moglie lo sapesse; ma per lo
molto andare et venire, sì se ne
avvide, et ispiò tutta la verità del-
l'opera. Quando quel bando, che
detto havemo, andòe per lo reame,
il giovane*[2] *n'andòe al padre a dir-
gliele; et il padre gli* disse: *Io voglio che tue vi vadi, et meni teco
mogliata et tuo picciolo figliuolo
et il cane.* Et mostragli *come la
moglie gli era il nimico, e'l cane
l'amico, e'l figliuolo il giullare.*

*Molte gentili et nobil genti ven-
nero alla* corte, *quale in uno modo
et quale in uno altro, con giullari
in diverse maniere, et con amici
et con nimici.* Et il figliuolo del
nascoso padre giunse a corte *con
la moglie et col figliuolo et col cane.*

[1] anzichè (G).
[2] e il giovane (M).

li rispuose: Per lo bando che voi
avete mandato per lo vostro reame,
e perciò io ò menato il mio nemico
e l'amico e il giullare. Il re rispuose: Come? E quelli rispuose:
Messere, io meno l'amico mio, cioè
il cane, il quale è guardia del mio
albergo e li miei nemici minaccia,
ed è più mio amicho che nullo che
qua entro sia menato per questa
chagione: nullo è qua entro sì amico di quelli che menatol ci à, che
se elgli gli talgliasse il piede, che
poi mai amico gli fosse; e io dico,
che se io talglio a questo mio chane
il piede, se io lo chiamerò poi e
mosterrólgli belgli senbianti, che
elgli mi seguirà con amore. Poi
mostrò il fanciullo suo, e disse:
Questi è il mio giullare, e questi
è pargolo sanza vizio, e quanto che
elgli fae m'è piacevole e grazioso.
Poi prese la moglie per la mano,
e disse: Eccho il più grave nemicho
che io abbia: io mi guarderei d'uno

Et il re il domanda [1] *perchè vi fosse venuto.* Et e' *rispuose: Per lo bando che voi havete* [2] *mandato per lo vostro reame; et ho menato il mio nemico et mio* [3] *amico e'l mio giullare. Disse il re: Questo come può* essere? *Disse lo giovane* [4]: *Signor mio, io meno il cane che è molto mio amico, il quale è guardia del mio albergo et li miei nemici minaccia; et è più mio amico che nullo che sia qua entro menato: però che nullo c'è* [5] *sì grande amico, che se gli tagliasse il piede, che poi mai amico* [6] *gli fosse. Et io dico, che se io taglieròe a questo mio cane il piede, che s'io il chiamerò poi, et mostrerolli belli sem-*

---

[1] ed il re domanda (M).
[2] che avete (P).
[3] e 'l mio (P).
[4] il giovane (P).
[5] nullo è (M).
[6] che poi amico (P).

strano, se io sapessi che elli mi volesse male, ma io so bene che questa non mi farà già bene che ella possa, perciò che *t*ale è na*t*ura di femina, che mai bene non fa a chi l'ama o a chi l'onora; e di lei non mi posso [1] guardare nè in chasa nè fuori, a mensa nè a le*tt*o. Quando io chiedo [2] essere a maggiore allegrezza, e quella muove cosa onde mol*t*o mi con*t*urba; *t*ormen*t*a assale, garre, azzuffa e diba*tt*e; e quello che io volglio, e ella disvuole; quello che mi piace, a lei spiace: nullo mi po*t*rebbe gravare, là ove ella mi s*t*imola e conquide, perchè di vero ques*t*o è il mio pessimo e mor*t*ale nemicho. Quando il giovane ebbe ciò de*tt*o, la molglie tirò a sè la mano che elli tenea, e, per mal*t*alen*t*o, cominciò ad arrossare e infiammò d'ira, e isguardò

---

[1] *non mi ne* posso.
[2] credo.

bianti, ch' elli mi seguirà *volentieri* con amore. *Poi* mostrò *il suo fan- ciullo, et* disse: ·Questi [1] *è il mio* giullare, perciò ch' è [2] *pargolo* sanza vitii, *et ciò che m' ha fatto mi pia- ce, et sodisfammi, et èmmi gratioso. Poi* prese la moglie per la mano, *et* disse: Ecco *il maggior nemico* ched *io* habbia al *mondo; perciò* che *dello* strano nimico *io mi guar- do, quando* sento che *mi* roglia ma- le: ma io *so* bene che *questa non* mi farà già bene, *perchè la* possa; perciò che tale è natura *di femina, che* mai bene *non fa se non infinta- mente* [3] *a chi l' ama, et chi la in- nora* [4], *et da lei non mi* posso guar- dare. Quando *credo essere* in *mag- giore* allegrezza, *et ella* muove *cose, donde* molto mi *conturba et* tor-

[1] Questo (P).
[2] perciocchè (M).
[3] fintamente (M).
[4] la onora (P).

il marito di *t*raverso, e cominciò a
favellare furiosamen*t*e e disse: Poi
che tu mi *t*ieni per nemicho, qui
non chredea io essere mena*t*a per
ques*t*a chagione; ma ques*t*a nimistà
non io t'ò [1] mos*t*ra*t*a, chè io t'ò
guarda*t*o il tuo padre, il quale tu
ài cielato con*t*ra il comandamen*t*o
del re, per la qual cosa tu ài ser-
vi*t*o d'essere appeso per lo collo.
Allora cominciarono *tutt*i quelli
della cor*t*e a sorridere, e il giovane
disse: Sengniori, qui non [2] mi conviene sforzare mol*t*o di mos*t*rare
che ella sia nemicha. Adunque si
levò il re in piede, e disse: Perciò
che 'l comandamen*t*o di fare morire
gli vecchi non mosse da savio consilglio, onde io mi pento, non piaccia a Dio che tu sie [3] moles*t*a*t*o
per ques*t*a chagione; ma *t*i coman-

---

[1] *non ho io.*

[2] *Segnori, non.*

[3] *sii.*

*menta, et assalemi et garre, et az-
zuffasi et dibattesi.* Quello che io
voglio, *ella* vuole *lo* contrario: *nullo
mi potrebbe turbare, dove ella mi
tribola et* conquide; *perchè di vero
quella è il mio mortale et pessimo
nem*ico.

Quando *el giovane ebbe compiuto
suo* dire, *la moglie tirò a sè la
mano da lui che gli tenea, et cominciò ad adirarsi e ad* arrossare;
et riguardò *il marito per mal talento alla traversa, et* cominciò *a*
dire *furiosamente: Poi che mi* tieni
per nimica, qui non credea esser
*menata per questa cagione, ma que-
sta nemistade che tu* di' *non* t' ho
io dimostrata; *anzi* t' hoe *guardato
et salvato il tuo* padre, *il quale
tu hai tanto tenuto* celato contra *il*
comandamento *del* re, *per la qual*
cosa *tu* dèi esser *morto. Allhora*
incominciò *tutta la gente della* corte
a sorridere. Et *il giovane disse:
Signori, qui non mi bisogna di sfor-*

do che tu, isnellamente, vadi per lo tuo padre e menilo dinanzi a noi, chè il suo consilglio ci fia [1] utile. Il giovane si mosse incontanente e andonne alla chava, ove era il suo padre, e contòlgli motto a motto ciò che avenuto gli era, e disse come il re gli comandò che dinanzi a lui lo menasse. A ciò s'accordò il padre, e andaronne [2] al re. E quando elgli furono giunti nella sala, il re onorò molto il vecchio, e fecielo sedere allato a lui, e poi gli disse come gli pesava che tanto stato rinchiuso era, e senza ragione; poi gli disse il songnio che fatto avea, e domandòlgli consilglio, e pregollo che gli scoprisse la singnificazione. Giovane re, ciò disse il vecchio, la sapienzia è in tre cose: in memoria di ritenere,

[1] sia.
[2] Il codice: andironne.

zare *a dimostrar* come *ella mi sia
nemica. Adunque si levò il re in
piè, et* disse: *Perciò che il* comandamento *di far* morire *huomini*
vecchi *non* mosse *da savio consiglio, ond' io* molto *mi doglio, non*
piaccia *a Dio che tue habbi alcun
danno per questa cagione: ma voglio
c' habbi il* guiderdone [1] *che è stato*
proferto; *et comandoti che tue, incontanente, vadi per lo tuo* padre
et menilo dinanzi *da noi* [2], *però
che 'l suo* consiglio *è stato utile et
buono. Il giovane si* mosse *incontanente, et andonne alla cava dov' era
il* padre *suo; et contògli a motto a
motto ciò che gli era avvenuto, et
come il re gli havea comandato che
lo menassi* [3] *dinanzi da lui. A ciò
s' accordò il padre; et incontanente*

---

[1] ch'abbi guiderdone (M).
[2] a noi (M).
[3] menasse (G e P).

e negli insengniamcnti udire; o [1]
in vivere sì lungamente che l'uomo
abbia tante cose vedute, che quando l'altre cose sono cominciate,
che le conoscia per l'adrietro vedute; e per l'avere molte cose vedute sono gli vecchi di perfetto
consilglio. Queste cose non dico io
per me salvare, ma per lo vostro
prode; chè al vecchio è vantaggio
di passare di questa vita, che a loro
è troppo penosa. Quanto al songnio,
rispondó, che elli nascie per molte
chagione [2]: aviene alcuna volta che
uno disidera una chosa con molto
affetto, e per lo frequentare de'pensieri, nel sonno gli viene in memoria; e questa è l'una delle chagione [3]. L'altra chagione è quando
alchuno è bene conpressonato e
bene sano, si songnia che elgli corre

[1] e.
[2] cagioni.
[3] cagioni.

n' andarono [1] dinanzi dal re. Et quando furono giunti nella sala, el re [2] honorò molto il vecchio, et fecegli grande [3] festa; et fecelo sedere a lato a lui, et dissegli come li pesava ch' egl' era stato tanto rinchiuso a disagio sanza ragione. Poi gli disse il sogno che fatto havea, et domandògli consiglio che gli rispianasse il sogno. Disse il vecchio: Signore mio, la sperienza è in tre cose: l'una in memoria di ritenere delle cose vedute, et nelli insegnamenti di ritener delle cose udite, et in vivere sì lungamente che l'huomo, quando l'altre cose avvengono, n' habbia tante vedute per l'addietro, che le conosca et sappia per usanza. Et veramente vi dico, che ne li vecchi sono li perfetti consi-

[1] n' andaro (M).

[2] *Il testo:* e 'l re; così *tutte le ristampe indistintamente.*

[3] gran (M).

o [1] vola per la snellezza degli spiriti. L' altra maniera aviene per santità [2] o per pecchato; come quando l'angielo annunziò alli tre Magi la natività di Cristo; per [3] lo pecchato, come avenne a Nabugdonosor. Alchuna volta, per lo giaciere rovescio, aviene che il sangue si raguna dintorno dal chuore, il quale ne ricieve anbascia, e per l'affanno ne 'ndeboliscono gli spiriti; e per questa fantasía pare all' uomo essere conbattuto da giente, o gravato di fascio, o che cose rovinino sopra lui; e questa fue la chagione del vostro songnio. A ciò s'accordò bene il re, e pensò che in quello songnio elli giacieva supino, e apertamente conobbe che il vecchio li solvette quello che in tutto lo suo

[1] e.
[2] Il codice: sentita.
[3] o per.

*gli. Et questo non dico io per me,
come che io sia di quelli sì suf-
ficienti, nè per me salvare, però che
al vecchio è prode di passar di
questa vita; ma io il dico per lo
vostro prode et honore. Al sogno,
dico che nascono per molte cagioni.
L' una che l' huomo puote amare
una cosa con molto grandissimo
desiderio, donde per lo frequentare
de' pensieri li viene quella cosa a
memoria. L'altra si è, quando l'huomo e* ¹ ben compressionato ² et ben
sano, si sogna ch'egli corre o vola
per la istiettezza delli spiriti. La
terza adiviene o per santitade o per
peccato; come quando l' angelo an-
nuntiòe alli Magi la natività di
Christo; et per lo peccato ³, come*

---

¹ è (M e G).

² complessionato (P).

³ La terza adiviene o per santitade,
come quando l'angelo annunziò alli Magi
la natività di Cristo; o per peccato (P).

reame non gli fue saputo dire. Allora fecie il giovane re comandare che *tutti* gli vecchi fossero onorati, ed elgli massimamente poi sopra *tutti* gli onorò; e veramente conobbe la sua follía di quello ch' elli avea chreduto alla sua molglie, e come maliziosamente ella s' era mossa.

Per questo assenpro vedemmo, che quando la femina è in cruccio e in ira, che ella non teme di nullo male fare, e non dotta peccato nè onta, e non si risparmia di fare male, pure che ella lo possa fare, grandissimo e sciellerato.

adivenne [1] *a Nabucodonosor. Alcuna
volta per lo giacere rivescio* [2] *adiviene che'l* sangue si raguna intorno del *cuore, perchè ne riceve
angoscia, e'ndeboliscono gli* spiriti;
et per questa fantasia par all' huomo essere combattuto *da gente, o
gravato da pesi; et in quel* sogno
elli *giacea supino. Donde il giovane*
re conobbe *che'l vecchio li havea*
rispianato *il sogno, che in tutto suo*
reame *nolli era saputo dire; et fece*
comandare *che tutti li vecchi, che
fossono rimasi, dovessono star* sicuramente, *et che fossono honorati
et* serviti: *et conobbe apertamente
la sua follia d' haver creduto alla
moglie a seguire la sua mala volontade.*

---

[1] *Il testo erroneamente legge:* adiviene.
[2] a rivescio (M).

NOVELLA IV.

[.ISTORIA DI MELEAGER E DI UNA
DONZELLA PER NOME ATHALANTA]

Quando Meleager naqque, si riparavano le Ninfe nella chasa della madre di Meleager, la quale era chiamata Altea. Dicie alchuno che le Ninfe odiavano Altea, perciò che ella era bella; altri dicono che odiavano lo marito, cioè il padre del fanciullo. Ma lasciamo la cagione dell' odio: ma le Ninfe, che noi chiamamo al tenpo d' oggi Fate, odiavano molto il padre, la madre e 'l fanciullo; e quando il fanciullo fue nato, vennero le Ninfe la notte nella casa ove era nato il fanciullo, e l' una disse all' altra: Vedete qui uno bello fanciullo; se elgli vive elli sarà bello, prode e nobile, e noi non dovemo sofferire che cosa la quale noi odiamo, viva: sì li faccia-

mo oragini. Disse la prima: Mala
gioia possa venire alla madre che 'l
portò, di quanto che elli farà. La
seconda disse: Tutti li milgliori del
tuo lingnaggio possano per lui peg-
giorare e disavanzarsi. E la donna
di loro disse: Li miei ¹ prieghi possano li voleri concludere e confer-
mare e auciare (sic), e perciò che
io volglio che li miei prieghi aven-
gnano, io gli donerò doni: il primo
fia che lo più forte e il milgliore
sia elli del suo lingnaggio, e questo
dico per disavanzare lo suo lin-
gniaggio, chè io gli farò cosa che
elli sarà nè forte nè fiero: l'altro
fia che elli sia lo più ardito; lo
terzo sia che elli non possa vivere,
se non tanto quanto questa vergha,
che io ò in mano, penerà ad ardere.
E incontanente gittò la vergha in
uno grande fuocho che vi era, et
incontanente la vergha fue apresa. e

---

¹ Il codice: Le mie.

sì tosto come la vergha fue apresa.
così cominciò il fanciullo a diffi-
nire, e venne meno. Altea sua madre, che giacea in parto, udì le pre-
ghiere delle Ninfe, ed era con due
suoi fratelli chavalieri, alli quali
ella disse, che incontanente andas-
sero e traessero la vergha del fuoco, e che la spegniessero e rechas-
sella a lei; i quali snellamente la
recarono alla donna, spenta. L'uno
de' fratelli avea nome Flegipus, e
l'altro Toxipus. La donna mise la
verga così spenta in salvo luogho.
e ghuardolla infino ad uno termine
che noi diremo. Sì tosto come la
vergha fue ispenta, il fanciullo fue
dilviciato e guerito. Il fanciullo
chrebbe, e in tale modo, che quando elli fue in etade d'uomo, elli
fue il più bello, più valente e più
ardito, e più leggiere di tutti quelli
del suo linguaggio; e sì erano (nel
suo lingnaggio) stati de' valenti
chavalieri, bastando che v'era Te-

seus, che fue di maravilgliosa nominanza, il quale era suo zio, fra-
tello del padre. Et essendo Meleager di grande nominanza, feciero
quelli del paese una grande festa ad
onore delle tre dee: e di madonna
Pallas, e di madonna Ceres, e di
madonna Thetis; et in onore di
ciaschuna feciero uno altare, e a
ciascuno altare feciero nobile sagrificio; e durò la festa viij dìe interi.
Questa festa e questa gioia non
tenne madonna Venus a grado, perciò che sulla festa non fue ricor-
data, e disse, che ella manderà loro
tale presente, che bello fia loro
quando ella vorrà loro sagrificio
ricievere. Sì mandò loro uno ani-
male in fighura d'uno porcho salvatico, di forma ferocie, e grandissimo oltre l'uso, e andava tenpe-
stando biade, vingne e albori, e
uccidea animali e uomini, e gua-
stava tutto il paese, sì che nullo
uomo s'usava d'abbandonare al

camino. E *tutti* quelli del paese
correvano alli mas*t*ri delle leggi,
e domandavano per quale pecchato
quella pis*t*olenza era venu*t*a sopra
loro. E li mas*t*ri sacrificarono, ep-
poi ebbero responso delle sorti,
che avenuto era perciò che quando
elli fecero sacrificio alle *t*re dee,
che non feciero alchuna menzione
di madonna Venus, la quale à manda*t*o a dire, che ciò non ciesserà
nè per promessa nè per prezzo, ma
se elli, per loro, quella pis*t*olenzia
si possono levare da dosso, sì 'l fac-
ciano. Tu*tt*i li più anziani di *t*enpo
e di scienzia si consilgliaro sopra
ciò, e ordinaro che *tutt*i gli più
ardi*t*i e vertudiosi di loro, di qual
che condizione fossero, cho' loro
armi, re*t*i e chani assalissero lo
porco, facciendo prima sagrificio a
madonna Pallas e a Mar*t*e, chè do-
nino loro la vettoria: e poi che fue
ordina*t*o, sì 'l misero in fa*tt*o. Ciascuno di quelli del paese mandò

per li loro amici di fuori, che pregiati e nominati erano di vassellaggio: mandato fue per Janson, lo prode Teseus e Diomedes, Tideus, Castor et Pollux, e molti altri valenti chavalieri, che molto vi vennero bene guerniti; ma Accilles non vi volle andare, anzi rispuose, che in sua vita contra madonna Venus, dea d' amore, non farebbe assalto nè contrario. E sì vi fue Meleager, il quale amava per amore una bella donzella, la quale avea nome Athalanta, che era nata di comune lingnaggio, e fue donna fiera e ardita e armigiera, e maravilgliosamente fue buona arciera, e fue sperta e maestra in caccia, conta e snella ne' suo vestimenti, non acontevole de' giovani uomini, e dispitto (sic) gli avea: molto fue vantatrice, e sedette melglio e più forte a chavallo che uomo; sempre riparava in boschi e in foreste. Ella fue schietta: e biancha, bion-

da e vermilglia; frescha e chiara;
ed era piena di tanta leggierezza,
che ella correa come uno levriere:
molti giovani fecie morire, i quali
si sforzavano per avere lo suo amore, chè non potenno durare alle
sue pruove. Per questa chagione
fue mosso uno guato per ucciderla:
Athalanta il seppe, e mandò una
mattina molto per tenpo a Meleager, che venisse a lei in uno boseho,
presso ad una fontana. Quando Meleager intese il messo, incontanente
andòe a lei, e trovolla contamente
parata e intalentata di fornire li
suoi pensieri. Quando ella lo vide,
sì disse: Amico, ben vengni tu,
chome il piùe pro e il melglio com-
battente di tutti, e il piùe bello al
mio animo; e per questa chagione
ti dono lo mio amore, che lunghamente è guardato; e sappie che ora
mi metterei a pienamente fare lo
tuo piacere, se non fosse che madonna Venus m'à difeso che io

guardi e non lasci ad alchuno il
mio pulciellaggio, infino ad uno termine che ella m' à posto, il quale
termine mi conviene tenere forte
fermo e celato, ma tanto te ne volglio scoprire che il termine è brieve; e non è sì brieve, che per lo
tuo amore non mi sia gravoso.
Cierto molto disidero che elli vengnia, avengniachè lo mio corpo non
ti sia vietato ad ongni piaciere: infino a tanto che 'l termine vengnia
che conpia lo mio disio, e a ciò
che tu siei veramente mio, io dono
e metto in tua libertà il chuore,
el corpo, l' amore, la giovinezza e
la mia libertà. Meleager rispuose:
Madonna, la vostra chontigia e il
vostro amore desidero io sopra tutte
quelle donne del mondo, e del vostro nobile presente vi rendo con
umiltà merciede e grazie, e fòvi presente di me e di quanto posso, sì
come della cosa ch' è piùe vostra
che mia. Poi rispuose Athalanta:

Amico. bene ài detto; omai porti
fede e lealtade l'uno all'altro, e
non volglio che il nostro amore sia
nascoso ma palese. Poi affermarono
per fede e per sacramento intra
loro, amore chon dolci e soavi ba-
sciari, e stretti abracciamenti.

La bocie corse come Athalanta
e Meleager s'amavano di perfetto
amore, onde molti giovani di Grecia furono molto crucciosi, avengna-
chè per l'amore di Meleager fue
ella poi riguardata e temuta lungho
tempo. Appresso il confermamento
di questo amore bene per lo spazio
d'uno anno, avenne in quelle parte
di Grecia, ove elli soggiornavano,
che vi ebbe grande abondanza d'ongni bene, onde quelgli del paese
feciero grande festa, e feciero tre
altari a reverenza delle tre deesse:
l'uno per madonna Pallas: l'altro
per madonna Ceres. la dea delle
biade: l'altro per madonna Tetis.
la dea dell'aque: alle quali elli

fecero ricchi sagrifici. Apresso la
grande offerenda, il petre del ten-
pio della dea Diana, disse, presente
il popolo: Molto avete fatto alta
festa alle tre dee, ma guari più
non vi sarebbe costato, se nella
festa avesse messo, e solennemente,
una delle dee del cielo che più vi
possono atare e nuociere, cioè madonna Diana, che di quello che
fatto avete non si tiene appaghata;
anzi vi diffida e per me vi manda
a dire, che in questo anno di voi
e de' vostri beni prenderà vendetta.
Di queste parole ebbe il popolo
grande dolore. Non dimorò guari
che la dea Diana mandò in quella
contrada uno porcho salvatico di sì
grande forma, che il dire darebbe
abbominevole amirazione a chi l'u-
disse; il quale in tutta la contrada
non lasciava biade nè frutti a di-
vorare, e medesimamente gli animali e gli uomini da lui non si
poteano difendere. Quando gli uomi-

ni della contrada viddero questo
nemico sopra loro, ebbero dolore e
paura, e ragunarsi per prendere
sopra ciò consilglio; e per consilglio
presero di sagrificare a madonna
Venus, e poi essere ad arme *tutti*
quelli del paese per provare d'uccidere lo porco. E poi ch'ebbero
fatto il sagrificio, sì s'armarono e
furono insieme. A ciò fue Giason,
Thetalos, Thoas, Themis e uno forte
e prode giovane ch'avea nome Ar-
cas; e Flegipus e Toxipus, Tideus,
Teseus e Meleager; e fuvi Athalanta
con molti dardi, snella e leggiera.
Costoro con grande compangnía e
con molti cani furono alla foresta,
e *tanto* ciercharo che levaro lo
porcho, il quale cominciò a soffiare
e a girarsi per isdengnio: comincia
a spezzare alberi, ischiantare rami,
Li chani lo cominciarono a schal-
dare: allora cominciò a mastichare
e a fare uno freghare di denti iroso
e chrudele. e a fare schiuma: e gli

occhi parea che gli ardessero nella fronte. Allora cominciaro li cani a spaventarsi, e latravano; onde li giovani vigorosi si trassero innanzi con corni. Allora cominciò il grido e la caccia: l' uno corre, altro salta: l' altro per sanne del porco muore: altro abbaia; e il bosco risuona. Archas il forte, prima sì trasse verso il porco con una grande accia, e chredette fedire lo porco intra' due orecchi: e il porco si volse, e il colpo chadde a terra; adunque il porco lo percosse in sul grosso della coscia, e spezzolla come se fosse uno ghanbo di segale. Archas chadde in terra, e il porco allora lo ripercosse e aperselo, sì che la curata e tutte le 'nteriora sparse alla terra. Allora giunse Athalanta, e da lungi trasse uno dardo ritto e forte, e percosse il porco nella testa d' uno dardo, sì che 'l sangue cominciò a spandersi. Quando li Greci viddero il sangue, comincia-

rono a gridare e a correre sopra
lo porco, e comunemente si sforza-
rono di gravarlo; e *tutti* si porta-
rono fieramente, ma sopra *tutti*
n' ebbe il pregio Meleager, il quale
tanto fecie, che di sua mano uccise
il porco. Quando il porco fue morto
ne feciero i Greci maravilgliosa festa, e tanto il temeano li Greci,
che poi che elli fue morto, appena
s'osavano del porco appressare. Meleager lo spezzò di sua mano. Costume era in Grecia a quel tenpo,
che quel cacciatore *traeva* prima
sangue alla bestia, che la *testa*
dovea essere sua poi che fosse pre-
sa; e quegli che la bestia spezzava,
dove[a] sagire della *testa* colui che
prima lo 'nsanguinava. E perciò
quando Meleager ebbe spezzato il
porco, prese la *testa* e in presenzia
di *tutti* li Greci ne sagì Athalanta,
la quale gioiosamente la ' ricie-

---

¹ Il codice: *in.*

ve*tte*. Di ciò si crucciaro fieramen*te* *tutt*i li Greci, e molte parole ne dissero e villane, diciendo: Meleager ci somme*tte* ad una vile femina. Flegipus e Toxipus ne mos*t*raro sopra *tutt*i cruccio: vènero ad A*t*halan*t*a, e dissero: Questo non è avenan*te* cosa, che una vile femina abbia l' onore e la sengnioría sopra tanta buona giente. Adunque le *t*olsero la *t*es*t*a del porco, e lei sospinsero fellonosamente. Quando Meleager vidde ciò, infiammò d'ira, e disse: Voi che mi dovres*t*i amare, mi fa*t*e onta. E trassesi innanzi per *t*rarre loro la *t*es*t*a, e quelli lo contradissero, tanto che insieme vennero alle spade, e tanto andò la cosa innanzi, che Meleager gli uccise amendue, che suoi zii erano. Ciò fue grande danno e mesaven*t*ura. Adunque prese Meleager la *t*es*t*a del porco, e rendella ad A*t*halanta, e par*t*issi. La novella si sparse per Grecia, come Meleager avea

morti i suoi dui zii per Athalanta:
quando Altea la madre di Meleager udíe ciò, ne fecie duro lamento
per lo dolore de' fratelli, e incontanente prese la vergha onde le
Ninfe aveano destinata la morte di
Meleager, e fecie uno grande fuoco,
e poi gittò dentro la vergha, la
quale incontanente cominciò ad ardere. Incontanente Meleager, di là
ove elgli era, sentì l'anghoscia e
l'ardura, e cominciò a fremire e
ad infiammare e a gridare: Ai las-
so! io muoio. E così gridando cadde
morto. Molto fue pianto Meleager
per Grecia, quando la novella fue
saputa; e per dolore di sua morte
rifiutò Theseus l'arme, il quale
poi non fecie chavallería infino a
tanto che Thebe fue assediata; e
allora il preghò tanto la molglie,
che elgli riprese l'armi, e per sua
prodezza diliverò Tebe dall'assedio.
Poi che Meleager fue morto, Athalanta divenne molto umile e temo-

rosa, e ritornossi ne' boschi, e usava di chacciare, e non si intramet-
tea di provarsi contro alli giovani,
come usata era. Uno dìe andava il
filgliuolo d' uno re di Grecia, molto
ricco, a chacciare ne' boschi: ora
avenne per aventura che elgli trovò
Athalanta, e incontanente ne inna-
morò duramente. Questo giovane re
avea nome Ipomenes: questi venne
ad Athalanta, e pregolla molto umi-
lemente d'amore; ma Athalanta non
gliele volle promettere. Il quale rispuose, che elli non dovea essere
più vile che gl' altri: tu ti suoli
mettere alle pruove contra li giovani, diciendo che quale ti vincierà
sì t' avrà; perciò a questi patti mi
volglio provare techo, e se io non
ti vinco, sì volglio morire; e io volglio anzi morire che non averti; e
già ài tue morti de' miei parenti e
amici per pruove, li quali io disidero di seguire od averti. Quando
Athalanta intese ciò, sì li disse:

Molto mi peserà che tu mòri per me, ma se tu vuolgli meco provarti, vieni qui d'oggi ad uno mese per provarti meco di correre, se il tuo consilglio lo *ti* loda: e se tu mi puoi vinciere, io sarò tua amicha: e se io *ti* posso vinciere, sì sarai alla mia merciede. E io il volglio: ciò disse Ipomenes. Il *termine fue preso e accordato: ma anzi che 'l *termine venisse, andò Ipomenes a consigliarsi a madonna Venus, alla quale elgli fecie prieghi, sacrificj e offerende: e madonna Venus il consilgliò bene e a diritto, sì come diremo. E diede ad Ipomenes tre palle d'oro molto belle e bene fatte, l'una più bella e meglio formata che l'altra, e la terza più bella che la seconda, ma la più bella delle tre era maravigliosamente bella; le quali palle donò Venus ad Ipomenes, e disse: Quando tu vedrai che Athalanta correrà, e tu prendi una delle pal-

le, cioè la meno bella, e gitteràlati
dietro il più lungie che tu potrai;
ed ella, per l' avarizia, veggiendo
la palla rimanere in *t*erra, si *t*or-
cierà per ricolglierla; e tu in*tant*o
*t*i sforza di correre. E se tu vedi
che, poi che ella avrà ricol*t*a la
palla, per suo velocie corso *t*i so-
pragiungha e vòlgliati avanzare; e
tu sì gitterai la seconda palla die*t*ro
quan*t*o tu potrai; e Athalanta farà
il somilgliante e ri*t*ornerà per essa;
e tu dunque avanza al corso. E se
ella *t*i ragiungnerà, sì farai il somilgliante della *t*erza; e sappie di
vero, che anzi che ella *t*re volte
sia *t*orna*t*a adietro, tu sarai al fine
del corso prima di lei. Il *t*ermine
venne che Athalanta e Ipomenes si
dovenno provare, e là si mossero
al corso. Quando Ipomenes vide
Athalanta che 'l passava, sì gittò
la prima palla, e incontanente che
la donzella vide la palla, si ri*t*ornò
adietro, e poi, in piccola d' o*tt*a, à

ragiunto Ipomenes. E quando elli la vide presso di sè, sì gittò la seconda; e ella, veggendola più bella che l'altra, sì si rivolse incontanente per la palla, e poi si rimise al corso, e tosto fue a lato ad Ipomenes. Adunque gittò elli la terza, e bene che ella fosse già presso del termine ove il corso finiva, tanto la vinse la bellezza della terza palla, che tornò adietro per ella; onde Ipomenes, che si sforzò di correre, giunse più tosto al termine che la donzella, la quale rimase vinta per l'avarizia dell'oro. Ipomenes fue molto allegro quando si vide al termine prima che la donzella; [e] Athalanta si mise alla mercè del giovane, diciendo che era vinta per ingiengnio; e poi rimase al piaciere e al volere di lui, e mai del suo piaciere non si stolse.

vizzani. *Vi é pure unito:*

CPSIA information can be obtained
at www.ICGtesting.com
Printed in the USA
BVHW091723201118
533618BV00022B/2472/P